Analyse d'œuvre

Rédigée par Catherine Castaings

Le Mariage de Figaro

de Beaumarchais

BEAUMARCHAIS

- Né le 24 janvier 1732 à Paris.
- Mort le 17 mai 1799 dans la même ville.
- **Quelques-unes de ses œuvres :**
  - *Eugénie* (drame, 1767)
  - *Le Barbier de Séville* (comédie, 1775)
  - *La Mère coupable* (drame, 1792)

Avant d'être ce dramaturge talentueux que nous connaissons tous, Pierre-Augustin Caron, qui prendra le nom de Beaumarchais à la suite de son premier mariage, reçoit une formation d'horloger et exerce cette profession avec une certaine réussite. Ses débuts au théâtre, en 1767, avec *Eugénie*, ne sont pas aussi remarqués et il lui faut attendre *Le Barbier de Séville*, créé huit ans plus tard, pour que sa carrière soit véritablement lancée ; un succès que *Le Mariage de Figaro* vient confirmer, même si la pièce est aussitôt censurée par le roi qui y perçoit une attaque contre les privilèges de l'Ancien Régime (1515-1789).

Fidèle en cela au théâtre classique comme à l'œuvre de Voltaire (1694-1778), qu'il admire et dont il entreprend la publication intégrale achevée en 1789, Beaumarchais assigne à ses comédies la double fonction d'« amuser et [d']instruire », selon les termes de sa préface au *Mariage de Figaro*. Il est également représentatif de l'idéal des Lumières, porteur des revendications de liberté et d'égalité que la Révolution française de 1789 entend satisfaire, comme de l'esprit libertin qui caractérise son temps, et de l'expression d'une sensibilité préromantique.

LE MARIAGE DE FIGARO

- **Genre :** comédie en cinq actes et en prose
- **1ʳᵉ représentation :** en 1784
- **1ʳᵉ édition :** en 1785
- **Édition de référence :** *Le Mariage de Figaro*, in Beaumarchais, *Œuvres*, Paris, Gallimard, 1988
- **Personnages principaux :**
  - Le comte Almaviva, grand seigneur espagnol, essentiellement préoccupé par la satisfaction de ses plaisirs
  - La comtesse, sa femme, épouse délaissée, à la personnalité plus effacée
  - Figaro, le valet du comte, fiancé à Suzanne, serviteur loyal et homme amoureux que révolte la morgue de son maître
  - Suzanne, femme de chambre de la comtesse, jeune femme séduisante et subtile, qui devient l'enjeu de la rivalité entre Figaro et le comte
  - Bartholo, un médecin, à qui le comte Almaviva, aidé de Figaro, avait, dans *Le Barbier de Séville*, enlevé Rosine, sa pupille, devenue la comtesse, et qui se découvre un fils en Figaro
  - Marceline, une domestique, qui, d'abord rivale de Suzanne, se révèle être la mère de Figaro
  - Chérubin, un jeune page adolescent que les femmes ravissent et qui s'enflamme pour la comtesse
- **Thématiques principales :** la relation maître-serviteur, la critique de la société d'Ancien Régime et de ses institutions, le badinage amoureux

La Folle Journée ou le Mariage de Figaro est le second volet d'une trilogie qui débute en 1775 avec *Le Barbier de Séville* et qui s'achève avec *La Mère coupable* en 1792. L'action de cette comédie en cinq actes et en prose se déroule au château d'Aguas-Frescas, un lieu fictif que

Beaumarchais situe près de Séville, en Espagne. En choisissant un lieu exotique, Beaumarchais souhaite préserver son œuvre de la censure, mais cela ne sera guère suffisant !

Dès les premières lectures effectuées devant un auditoire choisi, la pièce est perçue comme subversive et suscite la polémique. La première représentation, qui doit avoir lieu le 13 juin 1783 au théâtre des Menus-Plaisirs (aujourd'hui théâtre Antoine), est interdite par Louis XVI (1754-1793). Après un long combat de son auteur pour la faire autoriser, la pièce est finalement jouée le 27 avril 1784 et remporte un énorme succès. Il faudra encore attendre un an pour qu'elle soit publiée, Beaumarchais étant sous le coup d'une interdiction de publication.

Il est vrai que *Le Mariage de Figaro*, dont l'action repose sur la mise en échec du maître par l'ingéniosité d'un valet et d'une soubrette, a de quoi déplaire à un monarque confronté aux difficultés d'un règne mouvementé. De plus, Figaro, dans son célèbre monologue du dernier acte de la pièce, conteste les privilèges de la noblesse fondés sur la seule naissance et dénonce le caractère arbitraire de la censure et de la justice... De quoi irriter le roi !

LA VIE DE BEAUMARCHAIS

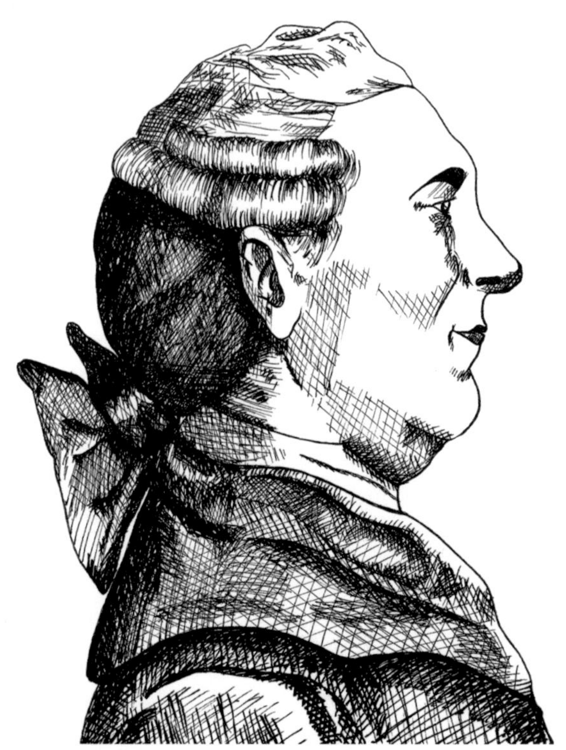

| Portrait de Beaumarchais réalisé par Margaux Rafflin.

UNE ASCENSION SOCIALE FULGURANTE

Né à Paris le 24 janvier 1732, sous le règne de Louis XV (1710-1774), Pierre-Augustin Caron grandit entouré de ses cinq sœurs et de ses parents, auxquels il porte un vif attachement. Après de courtes études, il devient l'apprenti de son père, maître-horloger. Quelques années plus tard, il met au point un nouveau système d'horlogerie destiné à améliorer la précision des montres. Pour avoir révélé son invention à un confrère plus illustre que lui, Jean Lepaute (1720-1789), il doit se battre afin de la faire reconnaître comme sienne, ce dernier ayant tenté de se l'attribuer. Il obtient gain de cause et, ce premier succès en amenant un autre, il devient la même année, en 1754, horloger du roi. Quoique reconnu pour ses talents, et malgré des clients prestigieux, il renonce dès l'année suivante à continuer d'exercer ce métier.

Ayant acheté une première charge, celle de contrôleur clerc d'office, il entre au service de la table du roi. En novembre 1756, il épouse Madeleine Catherine Aubertin, veuve Franquet (1722-1757), et adopte le nom de Beaumarchais, qu'il tire d'une propriété de son épouse. Devenu maître de musique auprès de Mesdames, les filles du roi Louis XV, position privilégiée qui lui vaudra de nombreuses inimitiés, et ayant rencontré en Joseph Pâris Duverney (un riche financier, 1684-1770) un ami et protecteur prêt à lui venir en aide, il achète la charge de secrétaire du roi, qui l'anoblit. Désireux d'accéder à celle de grand maître des Eaux et Forêts, il se heurte à l'hostilité de ceux qui rejettent en lui le roturier de naissance. Il choisit donc la charge de lieutenant général des chasses qu'il acquiert en 1763 et qui l'habilite à juger les litiges concernant les terres de chasse royales.

LA CONSÉCRATION DE L'AUTEUR DRAMATIQUE

N'ayant jusque-là composé que de courtes pièces d'un comique plutôt grossier, destinées à être jouées en privé par les habitués des salons eux-mêmes, et que l'on nomme des parades en référence au théâtre de foire dont elles s'inspirent, c'est à partir de 1759 que Beaumarchais commence réellement à écrire pour le théâtre. Des deux drames qu'il compose, *Eugénie* et *Les Deux Amis*, seul le premier remporte une adhésion relative de la part du public, le second suscitant des critiques sans appel. Le succès vient avec la publication, de 1773 à

1774, des quatre *Mémoires contre Goëzman*, un rapporteur auquel il reproche sa partialité comme son manque d'intégrité lors du long procès qui l'oppose à l'héritier de Pâris Duverney, La Blache (1739-1799). La satire du milieu judiciaire à laquelle se livre Beaumarchais plaît au public. En 1775, ce dernier accueille tout aussi favorablement la représentation du *Barbier de Séville* dans sa version remaniée et épurée. Mais c'est surtout *Le Mariage de Figaro* qui remporte un véritable triomphe en 1784.

C'est pour Beaumarchais une vraie consécration, à un moment de sa vie où les difficultés à affronter sont multiples : il connaît une deuxième fois le veuvage à la suite du décès de Geneviève Madeleine Wattebled (1731-1770), qu'il avait épousée en 1768 ; il est emprisonné au For-l'Évêque à cause d'une altercation avec le duc de Chaulnes (1741-1792) qui lui reproche son assiduité auprès de sa maîtresse ; il est également condamné à l'issue de l'affaire Goëzman, en 1774, au blâme et perd ses droits civils, ce qui le contraint à s'exiler en Angleterre ; enfin, il subit les calomnies de ses adversaires et l'interdiction de ses pièces. Dans le même temps, il doit également se battre pour voir aboutir son projet de fondation de la Société des auteurs dramatiques qui vise à défendre leurs droits et qui verra le jour en 1777, mais aussi pour publier les œuvres complètes de Voltaire, une lourde tâche qu'il achève en 1789.

UNE REMARQUABLE FACULTÉ D'ADAPTATION

Après avoir transformé sa disgrâce et son séjour contraint en Angleterre en expérience nouvelle d'agent secret au service de Louis XV, Beaumarchais poursuit cet étonnant parcours sous Louis XVI, en accomplissant pour le nouveau monarque des missions comparables en Angleterre. Chargé en 1776 d'organiser l'acheminement d'un soutien français en armes aux Américains en lutte pour leur indépendance, il se trouve, en 1792, au cœur de l'affaire des fusils de Hollande, dans laquelle il doit négocier l'achat de fusils pour la France cette fois. Ce sont autant d'entreprises qu'il mène avec une détermination sans faille, malgré les revers, les dangers et les pouvoirs différents qui se succèdent.

Alors que se prépare la Révolution française, Beaumarchais doit à nouveau se débattre dans un procès que lui vaut le soutien apporté à une femme en détresse, Mme Kornman, et à l'occasion duquel il publie de nouveaux mémoires, les *Mémoires contre Kornman*, de 1787 à 1789. Cette époque troublée le surprend aussi venant de créer un opéra, *Tarare*, en 1787, et se préparant à écrire la dernière pièce de sa trilogie, *La Mère coupable*, un drame qui sera représenté en 1792 et constitue sa dernière création dramatique. C'est dire qu'au cœur des bouleversements que connaît son siècle, Beaumarchais, dont la vie s'achève en 1799, semble avoir traversé les événements de l'Histoire en s'y adaptant, mais sans renier les fondements de sa personnalité d'homme d'action et d'homme de lettres.

RÉSUMÉ DU *MARIAGE DE FIGARO*

UN BONHEUR MENACÉ

Figaro, le serviteur du comte Almaviva, et Suzanne, la femme de chambre de la comtesse, au matin de leurs noces, goûtent un bonheur qui serait idyllique si Suzanne ne révélait que leur maître avait jeté sur elle son dévolu : il entend en effet user de son droit du seigneur, autrement connu sous le nom de droit de cuissage qui lui permet de passer avec elle la nuit de ses noces. Marceline et Bartholo, eux, s'en réjouissent plutôt : Bartholo, parce que cette aventure l'amuse ; Marceline, parce qu'elle y voit un obstacle au mariage de Suzanne et Figaro. Elle déclare en effet vouloir épouser ce dernier – qui lui doit par ailleurs une importante somme d'argent – alors qu'il l'a déjà repoussée par le passé.

Un peu plus tard, le comte parle ouvertement à Suzanne, la croyant seule, tandis que Chérubin, un jeune page qu'il vient de chasser du château, assiste à l'entretien, caché derrière un fauteuil. Le comte est bientôt contraint de s'y réfugier aussi pour ne pas être découvert seul avec Suzanne. Rendu furieux par la présence de Chérubin qu'il découvre alors et par ce qu'elle pourrait laisser supposer de son degré d'intimité avec Suzanne, il exige son départ immédiat. L'arrivée de Figaro, accompagné de la comtesse et de plusieurs témoins, interrompt cette scène cocasse. Le valet vient demander au comte de renouveler par une cérémonie son renoncement au droit du seigneur, promis en l'honneur de son épouse. Celle-ci appuyant la requête, le comte ne peut qu'accepter. Cependant, pour gagner du temps, il propose de reporter la cérémonie à l'après-midi et en appelle en aparté à Marceline, dont l'absence le désespère et en qui il paraît placer tous ses espoirs : elle seule, désormais, peut faire obstacle au mariage de Suzanne et Figaro, en contraignant ce dernier au respect de son engagement à rembourser la somme qu'il lui a empruntée ou, à défaut, à l'épouser.

| La scène du fauteuil dessinée par Margaux Rafflin.

UN GRAND TROMPEUR TROMPÉ

Figaro révèle son stratagème à Suzanne et à une comtesse désormais informée de tout : un billet délivré par Bazile avertira le comte que sa femme le trompe, ce qui détournera son attention de Suzanne ; Chérubin, qui aura revêtu les vêtements de la jeune femme, le confondra ensuite, lors d'un rendez-vous que cette dernière lui aura accordé.

Alors que les deux femmes soumettent Chérubin à quelques essayages dans la chambre de la comtesse, Suzanne s'absente, et le comte frappe à la porte, interrompant une scène devenue plus intime entre la comtesse et Chérubin, et quelque peu troublante pour cette dernière, qui découvre que l'adolescent porte à son bras un de ses rubans qu'il a volé à Suzanne. Pour ne pas compromettre la comtesse, Chérubin se précipite dans un cabinet de toilette attenant. La comtesse l'y enferme et reçoit enfin un époux fort contrarié qui lui inflige un interrogatoire sévère. Du bruit provenant du cabinet le conduit à exiger une explication. Embarrassée, la comtesse prétend qu'il s'agit de Suzanne occupée à essayer des vêtements. Le comte, résolu à aller chercher le nécessaire pour forcer la porte, la contraint à le suivre. Chérubin en profite pour s'enfuir par la fenêtre, et Suzanne prend sa place. La comtesse, de retour, toujours escortée par son époux, et ignorant que Chérubin a pu s'enfuir, avoue la vérité. Le comte, furieux, se fait remettre la clef du cabinet, mais n'y trouve que Suzanne. Il présente ses excuses à la comtesse, qu'il félicite pour ses talents de comédienne.

Figaro doit, lui aussi, affronter la colère de son maître, informé du subterfuge du billet délivré par Bazile. Au même moment, Antonio, le jardinier du château, vient donner l'alerte : il a vu un homme sauter par la fenêtre. Figaro plaide coupable, prétendant avoir pris peur à l'arrivée du compte et s'être enfui ; il prie le comte de ne plus retarder son mariage. Survient alors Marceline qui révèle que Figaro est dans l'obligation de l'épouser puisqu'il ne s'est pas acquitté de sa dette. La comtesse, elle, déclare à Suzanne vouloir se rendre en personne au rendez-vous avec le comte, sous son apparence. Le comte, déjà berné, risque donc de l'être plus encore.

RETROUVAILLES INATTENDUES ET OPPORTUNES

Tandis que l'on prépare la salle où se déroulera l'audience destinée à établir si Marceline est dans son droit en exigeant de Figaro le mariage, le comte, qui n'est pas complètement dupe de la comédie qui vient de lui être jouée, ni des aveux mensongers de Figaro, décide de mener l'enquête. Il songe au mariage de Figaro avec

Marceline comme à une arme dont il dispose. Ignorant ce que Figaro sait au juste, il s'efforce de le sonder. Suzanne vient alors à lui pour accepter un rendez-vous nocturne au jardin et lui rappelle la dot promise en échange.

La question posée lors du procès de Figaro, qui vise à déterminer si celui-ci s'est engagé à rembourser Marceline et à l'épouser ou bien s'il s'est uniquement engagé à l'épouser s'il ne parvenait pas à lui rembourser la somme prêtée, est réglée par le comte en faveur de Figaro qui plaide pour la seconde hypothèse. Mais il impose à Figaro de rembourser Marceline sur-le-champ s'il ne veut pas l'épouser ; or Figaro n'en a pas les moyens, ce que le comte n'ignore pas. Évoquant alors, pour gagner du temps, son statut d'enfant volé à des parents sans doute honorables, mais dont il ne peut obtenir le consentement à son mariage puisqu'il ne les connaît pas, Figaro a la surprise de les retrouver en Marceline et Bartholo. Après la satire du milieu judiciaire qu'est l'audience, c'est l'occasion pour Marceline de dénoncer, en évoquant sa situation de fille-mère, abandonnée par son séducteur, l'injustice faite aux femmes. Elle renonce au remboursement de son prêt, dotant ainsi son fils, à qui, en outre, une Suzanne radieuse vient remettre une seconde dot offerte par la comtesse. Tout semble donc concourir à un dénouement heureux, comme en témoigne l'attendrissement de Bartholo, pourtant réticent de prime abord devant cette paternité embarrassante.

UN RENDEZ-VOUS PROMETTEUR

Figaro et Suzanne roucoulent tendrement, échangeant des promesses d'amour et de fidélité. Mais, à l'insu de Figaro, la comtesse dissuade Suzanne d'annuler le rendez-vous accordé au comte et lui dicte un billet qu'elle devra lui remettre discrètement. Le billet reçu des mains de Suzanne, le comte exulte. Au même moment cependant, il est un peu désarçonné par les révélations de la jeune Fanchette, la fille du jardinier Antonio, qui déclare en présence de tous souhaiter obtenir du comte, en échange des privautés qu'elle lui accorde, le pardon pour Chérubin, auquel elle n'est pas indifférente. Celui-ci, surpris déguisé en paysanne au milieu d'un groupe de jeunes filles, et dont le comte est convaincu qu'il est l'homme entrevu par Antonio, a en effet une fois encore suscité la colère d'un maître exaspéré de le trouver sans cesse en travers de son chemin alors qu'il lui a intimé l'ordre de quitter le château.

Figaro, à qui la jeune Fanchette confie ingénument la réponse que le comte l'a chargée de transmettre à Suzanne, après avoir douté de celle qu'il aime, prend le parti d'aller voir sur place de quoi il retourne, suivant en cela les conseils avisés de Marceline qui tempère sa réaction jalouse.

UNE SÉVÈRE LEÇON

Dans sa détresse, exprimée en un long monologue, son impatience, et sa révolte, Figaro prend des dispositions pour que d'autres que lui, et en nombre, puissent témoigner du rendez-vous de Suzanne avec le comte. La comtesse, déguisée en Suzanne, est d'abord rejointe par Chérubin qui en profite pour courtiser celle qu'il croit être la femme de chambre, tandis que Fanchette, que Figaro aperçoit dans le jardin, le cherche. Le comte met un terme à leur entretien, furibond devant cette nouvelle apparition importune du jeune page. Mais il revient vite à ce qui le préoccupe et s'adresse à celle qu'il croit être Suzanne en l'abreuvant de flatteries caressantes et de propos blasés sur la lassitude née d'une vie conjugale monotone. Ils se mettent à couvert, ce qui pousse Figaro à vouloir intervenir, mais la rencontre de Suzanne, qui a l'apparence de sa maîtresse, ne lui en laisse pas le temps. Les deux serviteurs s'expliquent alors, fort réjouis par l'aventure, et vont jusqu'à jouer au comte une comédie destinée à lui faire croire qu'un homme, celui supposé avoir sauté par la fenêtre, courtise son épouse sous ses yeux.

Témoin de leur entretien, le comte, outré et désireux de confondre les amants, en appelle à ses gens, mais il doit, les déguisements tombés, s'excuser auprès de sa Suzanne redevenue la comtesse, en présence de laquelle il a joué un piètre rôle, mais qui le lui pardonne. La leçon est donnée. Figaro et Suzanne, eux, dotés une troisième fois, sont riches et heureux.

L'ŒUVRE EN CONTEXTE

UNE TRADITION RENOUVELÉE

Le Mariage de Figaro s'inscrit dans une tradition dont sont représentatives les comédies et tragédies du XVIIe siècle et que l'art de Marivaux (1688-1763), à travers son œuvre dramatique, renouvelle dans la première moitié du siècle suivant. Par son intrigue, *Le Barbier de Séville* se rattache au théâtre de Molière (1622-1673), plus précisément à *L'École des femmes* (1664), une pièce dans laquelle un vieux barbon tient enfermée une jolie jeune femme qu'il destine à devenir son épouse, mais qu'il se fait ravir par un jeune prétendant que l'amour rend entreprenant. *L'Autre Tartuffe ou la Mère coupable*, dont le titre fait explicitement référence au personnage de Molière, en reproduit l'hypocrisie manipulatrice, la fausse dévotion en moins, sous les traits de Bégearss, qui ne cherche qu'à s'accaparer les biens du comte Almaviva et à en épouser la fille, en intriguant auprès des membres de la famille pour s'attirer leur confiance tout en les divisant. *Le Mariage de Figaro* est la seule des trois pièces à ne pas être clairement rattachée à la tradition moliéresque, même si l'on peut y découvrir quelques parentés entre le comte Almaviva et Dom Juan ou encore Georges Dandin. C'est donc celle des trois qui traduit le mieux l'originalité de Beaumarchais et son inventivité créatrice.

Il s'y rapproche davantage du théâtre de Marivaux, non seulement par le badinage amoureux qu'il prête à ses personnages, mais aussi par le jeu sur l'inversion des rôles de la maîtresse et de la servante, dont ils font usage tous deux. Cependant, Beaumarchais attribue à cette inversion des rôles une fonction essentiellement divertissante, puisqu'elle est destinée à piéger le comte tout en favorisant le mariage des serviteurs, et qu'elle sert la virtuosité d'un chassé-croisé de discours amoureux qui ne s'adressent pas , ou feignent de ne pas s'adresser, à leurs destinataires. Marivaux, dans *Le Jeu de l'amour et du hasard* (1730), lui assigne une fonction comparable, mais c'est d'abord le mariage des maîtres qu'elle doit servir. Il use du même procédé dans *L'Île des esclaves* (1725), où c'est alors l'organisation de la société qui se trouve renversée, conférant à la pièce une portée plus dénonciatrice.

L'IDÉAL DES LUMIÈRES

Les philosophes des Lumières animent le XVIIIe siècle de leurs combats et revendications. *Le Mariage de Figaro*, par la critique qu'il contient de la société d'Ancien Régime et de ses institutions, s'inscrit dans cette même aspiration à une société plus égale, plus libre et plus juste, dont le rôle doit être de favoriser l'épanouissement et le bonheur de l'homme, désormais considéré dans sa singularité individuelle et sa sensibilité.

La contestation du pouvoir absolu est illustrée par Montesquieu (1689-1755) qui dénonce, dans *Les Lettres persanes* (1721), une satire de la monarchie de droit divin, et dénonce, dans *L'Esprit des lois* (1748), la concentration des trois pouvoirs, législatif, exécutif et judiciaire, aux mains du seul monarque. Voltaire, de son côté, dans *Candide ou l'Optimisme*, conduit son personnage en Eldorado, une société dont les valeurs reposent sur les vertus naturelles d'un peuple qui n'est pas soumis aux caprices d'un monarque autoritaire. Jean-Jacques Rousseau (1712-1778) démontre quant à lui que l'état de nature a produit des hommes égaux, et que c'est la société qui crée des inégalités préjudiciables au bonheur et à l'épanouissement de l'individu.

La vaste entreprise que constituent la rédaction et la publication de *l'Encyclopédie* (1751-1772), dont l'initiative revient à Diderot (1713-1784) et à d'Alembert (1717-1783), a pour objectif la diffusion du savoir et des idées nouvelles afin de lutter contre l'obscurantisme et de favoriser l'épanouissement des individus, rendus plus libres par l'accroissement de leurs connaissances et l'exercice de leur esprit critique. Elle se heurte à la censure et aux obstacles que rencontrent, comme Beaumarchais, les auteurs jugés trop subversifs. Pour y échapper, ils usent de l'exotisme et de la fiction, et publient leurs œuvres à l'étranger : Beaumarchais choisira la ville de Kehl, en Allemagne, pour éditer les œuvres complètes de Voltaire ainsi que les siennes. Confrontés aux interdictions qui frappent leurs écrits mais aussi aux peines d'emprisonnement, les hommes de lettres revendiquent la liberté d'expression. Voltaire prendra ainsi la plume pour dénoncer les erreurs judiciaires, au cœur d'une actualité que lui offrent les affaires Calas et de Sirven, par exemple, dans lesquelles il s'implique ouvertement.

LIBERTINAGE ET SENSIBILITÉ

L'affirmation de l'individualité, dans un contexte où le poids de la religion et de ses interdits s'affaiblit, conduit naturellement à la revendication d'une liberté dont le libertinage apparaît comme l'expression la plus totale. Affranchis des conventions sociales et des rigueurs de la morale, les libertins n'aspirent qu'à satisfaire une recherche constante de plaisirs toujours renouvelés. Source d'inspiration pour les hommes de lettres comme pour les artistes, et représentatifs des mœurs de leur époque, ils sont campés sous les traits de Manon Lescaut dans le roman éponyme de l'abbé Prévost (1697-1763), ou sous ceux du vicomte de Valmont et de la marquise de Merteuil dans *Les Liaisons dangereuses* (1782) de Choderlos de Laclos (1741-1803), où leurs créateurs les conduisent à la déchéance après avoir mené une existence de débauche. Leur immoralité les condamne, comme Beaumarchais condamne le comte Almaviva. Les peintres Boucher (1703-1770) et Fragonard (1732-1806) représentent, quant à eux, les boudoirs, les déshabillés et l'intimité de libertins s'abandonnant au plaisir, avec une joyeuse fraîcheur qui rappelle le naturel de Chérubin.

| *Le Baiser à la dérobée*, tableau de Fragonard, 1788.

Mais s'affirme aussi, durant les dernières années du XVIIIᵉ siècle, l'expression du sentiment et de la sensibilité, autre facette de la découverte de l'individualité. Jean-Jacques Rousseau, à qui les auteurs de l'ouvrage collectif *La littérature française : dynamique et histoire* attribuent « l'invention de l'autobiographie moderne » (Gallimard, 2007, p. 204), se révèle également, dans *Les Rêveries du promeneur solitaire* (1782), le précurseur des épanchements romantiques que l'on retrouvera chez les écrivains du XIXᵉ siècle, tels Chateaubriand (1768-1848), Lamartine (1790-1869) ou Hugo (1802-1885). Beaumarchais, par le choix qu'il fait du drame, mais aussi, au sein même de ses comédies, et notamment du *Mariage de Figaro*, exprime cette sensibilité à travers le lyrisme plaintif de la comtesse, la révolte de Marceline et de Figaro, et le discours amoureux de ses personnages.

ANALYSE DES PERSONNAGES

LE COMTE

Le comte Almaviva est « un grand seigneur », mais pas « méchant homme », à la différence du Dom Juan de Molière, tel que son valet Sganarelle le définit, dans la première scène de la pièce (MOLIÈRE, *Dom Juan*, Gallimard, 2013, p. 34). Il s'en rapproche par son goût du libertinage, sans en avoir la cruauté ni le cynisme. Marié à la comtesse, il s'octroie quelques familiarités avec Fanchette, tout en poursuivant Suzanne de ses assiduités. Et, si, en public, il définit le droit du seigneur comme « la tyrannie d'un Vandale » (p. 397), il le désigne, en privé, à l'adresse de Suzanne, comme un « droit charmant » (p. 392).

Il représente, dans la pièce de Beaumarchais, l'autorité, mais une autorité chancelante, dont tout le monde se joue. Sa position de dupe, même s'il en a conscience, comme le révèlent certaines de ses répliques (« C'est un jeu que tout ceci », p. 398, ou « Jouons-nous une comédie ? », p. 458), et même s'il n'est pas, lui, trompé par son épouse, fait penser au Georges Dandin de Molière, toujours pris aux pièges qu'il tend à sa femme infidèle, laquelle retourne à son avantage toutes les situations.

Dans la dernière partie de la pièce, il nous livre une théorie de l'amour conjugal qui en dit long sur le plaisir qu'il prend à faire la conquête d'une femme et la lassitude qu'il ressent à la posséder.

LA COMTESSE

La comtesse apparaît tardivement, puisque présente seulement à la scène x de l'acte I, où elle s'exprime peu. Elle s'y définit déjà comme une épouse ayant perdu toute emprise sur un mari devenu indifférent.

Dans l'acte II, qui se déroule dans ses appartements, le personnage de la comtesse est statique, tandis que l'on va et vient autour d'elle, une immobilité qui vient confirmer cette image d'épouse délaissée subissant avec amertume la situation. Elle révèle cependant dans cet acte sa capacité à affronter l'autorité et la jalousie du comte, lorsque celui-ci lui demande de s'expliquer sur ce qu'elle faisait en son absence. Et sa décision de se rendre déguisée en Suzanne au rendez-vous nocturne avec le comte viendra le confirmer. Capable de résistance, donc, elle reste cependant effacée devant un époux auquel elle accorde toujours son pardon, y compris à la fin de la pièce. Il est vrai que son statut ne lui laisse comme alternative au mariage qu'une entrée au couvent.

Troublée par l'ardeur de Chérubin qui déclare l'aimer, elle n'accorde que peu d'importance à ce sentiment, comme à celui qui l'éprouve, sa sentimentalité semblant n'en conserver que la poésie du ruban qu'il lui a dérobé, qu'elle lui a repris et porte sur elle à l'insu de tous.

Si l'on rit du comte, la comtesse, elle, est plutôt perçue comme un personnage pathétique, un aspect de sa psychologie que Beaumarchais exploitera davantage encore dans *La Mère coupable*.

SUZANNE

Jeune et jolie, sincère dans son amour pour Figaro auquel elle entend rester fidèle, plus confidente que simple domestique auprès de la comtesse à qui elle dit tout et dont elle obtient le soutien, Suzanne est un personnage virevoltant qui sait faire preuve d'ingéniosité et de finesse. Elle mène le comte par le bout du nez, sans jamais s'opposer ouvertement à son autorité. Elle veille aussi à ne jamais se compromettre, pas même en présence de son futur mari, auquel elle tient à donner toutes les preuves d'une vertu sans faille, ce dont témoigne déjà sa résistance au comte. Elle semble plutôt attachée

à sa maîtresse qu'elle traite avec beaucoup de ménagement, différente en cela des soubrettes du théâtre de Molière, plus caustiques.
Son comportement, comme l'échange des costumes et des rôles avec
la comtesse, la rend comparable à la Lisette du *Jeu de l'amour et du
hasard* de Marivaux.

FIGARO

| Le personnage de Figaro dessiné par Margaux Rafflin.

Déjà mis en relief par le titre de la pièce, Figaro est sans nul doute
le personnage le plus complexe de cette comédie. Valet du comte,
capable cependant de s'adresser à lui avec une grande liberté de ton,
il exerce son ascendant sur les autres personnages : Suzanne et la
comtesse en les guidant dans la mise en œuvre des stratagèmes qu'il

a imaginés pour piéger le comte, avant qu'elles ne prennent seules les choses en main ; Chérubin en tentant de le protéger de la colère du comte ; Bazile en le réprimandant quand il agit à l'encontre de ses intérêts ; Fanchette en la manipulant afin d'apprendre la vérité sur le billet remis au comte par Suzanne.

Au-delà de ses réparties pleines de drôlerie et de malice, il se révèle un amoureux sincère, un serviteur loyal et un homme sensible. Lui qui affirmait, dans *Le Barbier de Séville*, « Je me presse de rire de tout, de peur d'être obligé d'en pleurer » (in BEAUMARCHAIS, *Œuvres*, p. 295), déclare, dans *Le Mariage de Figaro* : « Je veux rire et pleurer en même temps. » (*ibid.*, p. 449) Sa détresse, lorsqu'il se croit trahi par Suzanne, s'exprime avec une sincérité touchante, comme sa révolte face à l'injustice du sort qui a fait de lui un homme obscur confronté au pouvoir et aux privilèges d'un noble. Son ingéniosité, qu'il mettra au service du comte dans *La Mère coupable*, comme il l'a déjà fait dans *Le Barbier de Séville*, est dans *Le Mariage de Figaro* tout entière exploitée pour triompher de cette injustice.

CHÉRUBIN

À peine adolescent, le jeune page est ardent lorsqu'il évoque l'éveil de ses sens. Il s'enflamme en présence de Fanchette, de Suzanne, de la comtesse, et ne négligerait pas même Marceline, s'il faut l'en croire.

Voleur espiègle du ruban de la comtesse dont il se pare comme d'un talisman, trublion perturbant les entretiens galants du comte avec Suzanne comme avec Fanchette, il contribue à la remise en cause de l'autorité du comte, auquel il ne craint pas de désobéir.

Sa présence charmante ne déplaît d'ailleurs pas aux femmes qu'il courtise, et son entrain à ébaucher plusieurs intrigues sentimentales en même temps annonce une carrière de libertin que Suzanne lui prédit joyeusement, mais que le comte voit se profiler d'un œil jaloux, plus désireux sans doute d'éloigner en lui un rival potentiel qu'un jeune étourdi désobéissant.

ANALYSE DES THÉMATIQUES

LA RELATION MAÎTRE-SERVITEUR

Si l'on peut voir en Figaro et en Almaviva les représentants de deux ordres issus de l'Ancien Régime, dont Beaumarchais met en relief l'antagonisme, ils sont surtout deux hommes rivaux, l'enjeu de leur rivalité étant Suzanne. Leur relation est donc tout entière placée sous le signe du conflit entre deux volontés tendues vers l'obtention d'une victoire sur l'adversaire. Chacun sait sur quels alliés compter et ne ménage pas sa peine. La partie, inégale, tourne pourtant en faveur du plus faible. Doit-on voir dans cette victoire le triomphe de l'amour ou la juste compensation d'un tort de la société envers celui qui est « mal né » ? Le joyeux Figaro, en tout cas, ne semble pas chercher à en retirer d'autre profit que celui d'épouser sa Suzanne. Là s'arrête toute sa revendication. Quant au comte, s'il reçoit une leçon sévère, s'il échoue dans son entreprise galante auprès de Suzanne, et si son autorité a été quelque peu malmenée, le pardon que lui accorde volontiers la comtesse le remet à sa juste place, celle de seigneur du château et d'époux aimé, dont on suppose qu'il ne cessera pas de courir le cotillon pour autant.

Très différente de la relation de Figaro et du comte, la relation qu'entretiennent Suzanne et la comtesse est harmonieuse. Suzanne s'adresse à sa maîtresse en toute franchise. La comtesse, de son côté, ouvre son cœur à sa servante qu'elle fait la confidente de son désarroi. Même informée des désirs infidèles du comte, elle ne voit pas, en celle qui les suscite, une rivale à jalouser. Le soutien décisif qu'elle apporte, d'abord dans la scène X de l'acte I, à la requête de Figaro, puis, dans la scène I de l'acte II, à Suzanne, lui déclarant « tu épouseras Figaro » (p. 402), une promesse qu'elle concrétise en allant déguisée au rendez-vous dans le jardin, naît avant tout de la sympathie qu'elle semble éprouver pour la jeune femme et son fiancé, dont elle plaint le mariage contrarié, plutôt que du souci d'enlever au comte une jolie soubrette.

Beaumarchais exploite donc d'une manière originale ce thème, qui est au cœur de la plupart des comédies du répertoire classique. L'opposition entre Figaro et le comte est celle de deux hommes et de deux classes, non l'illustration du passe-temps favori d'un valet prenant plaisir à faire vivre à son maître les situations les plus burlesques, tel le Scapin de Molière. Quant à Suzanne et à la comtesse, elles ont la complicité des personnages que Marivaux met en scène dans *Le Jeu de l'amour et du hasard* mais, là où Marivaux respecte la tradition en faisant de la servante celle qui sert les intérêts de sa maîtresse et de son mariage, Beaumarchais inverse les rôles et donne au mariage du valet et de la servante, que les déguisements ont pour fonction de favoriser, la primauté sur tout autre projet.

LA CRITIQUE DE LA SOCIÉTÉ D'ANCIEN RÉGIME ET DE SES INSTITUTIONS

La critique sous-jacente de la société d'Ancien Régime constitue sans doute l'aspect de la pièce qui explique le mieux les difficultés que Beaumarchais a rencontrées à la faire représenter comme à la faire publier, mais aussi son succès. Bien sûr, l'action du *Mariage de Figaro* est supposée se dérouler en Espagne, et le droit de cuissage, bien qu'il repose sur certaines réalités de l'époque médiévale, n'est juridiquement attesté par aucun document. Beaumarchais, dans sa « Préface » à la première édition, laisse d'ailleurs la question de l'ancrage historique de sa pièce dans un flou stratégique :

<blockquote>

« Mais ne voulant qu'amuser nos Français et non faire ruisseler les larmes de leurs épouses, de mon coupable amant j'ai fait un jeune seigneur de ce temps-là, prodigue, assez galant, même un peu libertin, à peu près comme les autres seigneurs de ce temps-là. » (p. 361)

</blockquote>

Cependant, s'il semble rejeter l'action de la pièce dans un univers féodal, éloigné dans le temps comme dans l'espace, nombreuses sont les critiques que Beaumarchais adresse à la société de son époque dans sa pièce. Il y dénonce, en effet, tour à tour, les privilèges, la vanité des courtisans, la censure, la condition des femmes, et y fait la satire de la justice, les événements de sa propre vie n'étant pas la moindre de ses inspirations pour y parvenir.

Ainsi, dans son monologue de la scène III de l'acte V, Figaro oppose-t-il sa combativité et son mérite personnel aux privilèges qu'une noble naissance suffit à valoir au comte :

<blockquote>

« Parce que vous êtes un grand seigneur, vous vous croyez un grand génie !... noblesse, fortune, un rang, des places ; tout cela rend si fier ! Qu'avez-vous fait pour tant de biens ? vous vous êtes donné la peine de naître, et rien de plus. Du reste, homme assez ordinaire ! » (p. 469)

</blockquote>

Dans cet extrait, on voit s'exprimer toute l'indignation et l'amertume de celui qui se voit confronté à un combat inégal. Et Beaumarchais sait bien que l'on est, de son temps, toujours prompt à rappeler à celui dont la noblesse est acquise de fraîche date sa condition première.

Figaro, qui reste son porte-parole, se livre également à une satire du courtisan et de la Cour, dénonçant le triomphe des apparences et le règne de l'intrigue (à propos des intrigues indissociables de la vie de cour, comme des sphères du pouvoir : « Deux, trois, quatre à la fois ; bien embrouillées, qui se croisent. J'étais né pour être courtisan », p. 404 ; « La politique, l'intrigue, volontiers ; mais comme je les crois un peu germaines, en fasse qui voudra. », p. 434). Beaumarchais signe, dans la scène VII de l'acte III, contre la vanité de ceux qui gravitent autour du roi dans les sphères du pouvoir, une charge qui souligne leur caractère superficiel et hypocrite, sans jamais toutefois donner à son propos la forme d'une attaque personnelle. Une distance qui garantit l'efficacité, selon la « Préface ».

Un âpre et constant combat l'y ayant opposé, le dramaturge n'épargne pas davantage la censure, dont il dénonce les abus par la voix de Figaro. Après un emprisonnement arbitraire pour avoir usé de sa plume, le valet décrit une liberté d'expression réduite à une peau de chagrin :

> « [P]ourvu que je ne parle en mes écrits, ni de l'autorité, ni du culte, ni de la politique, ni de morale, ni des gens en place, ni des corps en crédit, ni de l'opéra, ni des autres spectacles, ni de personne qui tienne à quelque chose, je puis tout imprimer librement, sous l'inspection de deux ou trois censeurs. » (p. 470)

Avec le sens de la formule qui le caractérise, Beaumarchais la revendique plus entière : « Sans la liberté de blâmer, il n'est point d'éloge flatteur » et « Il n'y a que les petits hommes qui redoutent les petits écrits », fait-il dire à son Figaro, dans ce même monologue (p. 470). Il est vrai que l'auteur sait de quoi il parle, pour avoir dû soumettre ses pièces à l'examen de censeurs plus ou moins bienveillants, les avoir vues interdites et s'être fait emprisonner pour un mot jugé offensant.

Par l'intermédiaire de Suzanne et de Marceline, il dénonce également la condition des femmes et l'injustice qu'elles subissent. Les allusions de Suzanne à la légèreté avec laquelle il est convenu de traiter les femmes de sa condition, à la scène I de l'acte II, comme les invectives de Marceline nées de son infortune de femme séduite puis abandonnée, révèlent la position de faiblesse des femmes qui, même lorsqu'elles sont du meilleur monde, sont confrontées à l'injustice sociale : « Traitées en mineures pour nos biens, punies en majeures pour nos fautes ! » (p. 446-447)

Enfin, Beaumarchais se livre à une satire de la justice, qu'il ne peut s'empêcher de souligner par quelques moqueries à l'égard du conseiller Goëzman, auquel le nom complet du juge Brid'oison dans *Le Mariage de Figaro* (don Gusman Brid'oison), affecté pour l'occasion d'un bégaiement malvenu, ne peut manquer de faire penser. Figaro s'adresse à lui en ces termes : « Monsieur, je m'en rapporte à votre équité, quoique vous soyez de notre justice » (p. 439), dénonçant par là le caractère arbitraire d'une justice « indulgente aux grands, dure aux petits... » (p. 435). Un dialogue cocasse entre Marceline et le juge rappelle comment l'on devient membre de l'institution judiciaire et déplore cette réalité :

> « MARCELINE – [...] Quoi ! c'est vous qui nous jugerez ?
> BRID'OISON – Est-ce que j'ai acheté ma charge pour autre chose ?
> MARCELINE, *en soupirant* – C'est un grand abus que de les vendre !
> BRID'OISON – Oui, l'on ferait mieux de nous les donner pour rien. »
> (p. 438-439)

Guère plus épargnés que les juges dont Marceline évoque aussi la corruption, les avocats se voient reprocher par Figaro leur incompétence comme leur vénalité. Enfin, le fait que ce soit le comte qui, en définitive, en tant qu'officier de justice, prononce les sentences, reléguant le juge Brid'oison à un rôle de parade, met en relief l'alliance des puissants et de l'institution judiciaire au détriment des faibles.

C'est ainsi que Beaumarchais dénonce, dans sa comédie, ce qu'il appelle « une foule d'abus qui désolent la société » (« Préface », p. 361).

LE BADINAGE AMOUREUX

Le Mariage de Figaro est une comédie où le discours amoureux, les propos galants, souvent tenus dans une intimité propice aux épanchements, et toujours empreints d'une légèreté qui en accentue le ton badin, occupent une place importante. Ils semblent être le reflet des raffinements d'une société mondaine que Beaumarchais a côtoyée et dont il prête le verbe élégant à ses personnages, y compris les serviteurs que sont Figaro et Suzanne, dont les discours, même s'ils sont plus explicites, sont très éloignés de ceux qui caractérisent souvent les valets et servantes de comédie, plus concrets, plus lourds, émaillés de grossièretés ou d'incorrections et destinés à divertir.

À la scène x de l'acte I, alors que la comtesse lui adresse un reproche qu'un mot seul suffit à exprimer – « [...] l'amour charmant que vous aviez pour moi [...] » –, le comte la corrige galamment – « Que j'ai toujours, Madame [...] » (p. 398) –, sur un ton que l'on peut imaginer tendre et courtois. On est cependant en droit de douter de sa sincérité, dans la mesure où cette déclaration est destinée à être entendue de la comtesse, mais aussi de l'ensemble des personnages présents ; et l'on sait déjà combien le comte est attaché aux apparences.

Dans l'intimité d'un tête-à-tête, que la présence de Chérubin, caché derrière le fauteuil, doit troubler, ce dont il n'a pas encore pris conscience, les paroles que le comte adresse à Suzanne, à la scène viii de l'acte I, sur un ton badin qui cache mal son impatience, relèvent sans doute plus d'une stratégie pour triompher des résistances de la jeune servante que de l'aveu d'un sentiment profond. En effet, les répliques « Parle, parle, ma chère ; use d'un droit que tu prends sur moi pour la vie » et « Ah ! Suzette ! ce droit charmant ! si tu venais en jaser sur la brune au jardin, je mettrais un tel prix à cette légère faveur... » (p. 393) ont pour fonction d'entretenir Suzanne dans l'idée qu'elle pourrait régner en maîtresse absolue sur celui au service de qui elle est, un poncif du discours amoureux. Par la parole, le comte fait exister ses sentiments et les donne à entendre. Le recours allusif au mot « jaser » et à l'expression « légère faveur » – qui évite de heurter, par une évocation plus explicite de l'acte sexuel, la pudeur de la jeune femme – laisse entendre son désir. Suzanne, qui, déjà dans la première scène, n'était que refus, ne se laisse pas davantage émouvoir par ce badinage amoureux. Derrière la légèreté des mots et le ton plaisant du propos, elle ne voit rien d'autre qu'un marchandage tyrannique et humiliant. Plus tard, à la scène v de l'acte IV, la jeune Fanchette révèle que le comte lui en promet tout autant, en des termes plus concrets et moins équivoques cependant : « Si tu veux m'aimer, petite Fanchette, je te donnerai ce que tu voudras » (p. 456), embarrassant le comte par la révélation d'une entreprise galante qui ne semble que la répétition de beaucoup d'autres et d'un discours stéréotypé de libertin rompu à toutes les manœuvres.

En regard, les joyeux échanges de Suzanne et de Figaro, l'une plaisantant l'autre sur son empressement à l'assurer de ses sentiments et jouant l'irritation – « Quand cesserez-vous, importun, de m'en parler du matin au soir ? » (p. 384) –, l'autre lui répondant « Quand je pourrai te le prouver du soir jusqu'au matin » (p. 385), font aussi exister par la parole le sentiment et le désir amoureux, mais dans une connivence et une complicité où un Figaro entreprenant, se heurtant à une Suzanne vertueuse, ont les rôles qu'ils doivent avoir et qu'ils acceptent l'un de l'autre. Avec le sens de la répartie qui la caractérise, Suzanne le rappelle à Figaro qu'elle définit en « mon amant aujourd'hui », « demain mon mari » (p. 384). La sincérité qui les anime et la certitude qu'ils ont d'être aimés expliquent la légèreté badine du propos, comme leur bonheur à le tenir, que Suzanne souligne d'un « j'aime ta joie, parce qu'elle est folle ; elle annonce que tu es heureux » (p. 452), quand Figaro renchérit, dans son monologue du dernier acte, déclarant avoir été « amoureux par folles bouffées » (p. 471).

Le moment de la pièce où le discours amoureux revêt une importance toute particulière en est la toute dernière partie où s'entretiennent, d'abord, Chérubin puis le comte avec la comtesse déguisée en Suzanne ; ensuite, Figaro avec Suzanne déguisée en la comtesse. Quel que soit le degré de sincérité du propos tenu, il ne peut être que désamorcé par l'échange des rôles. Chérubin, convaincu qu'il s'adresse à Suzanne, évoque avec des mots tendres le trouble, sans doute bien réel, qui s'empare de la vraie comtesse en sa présence, et monnaie son départ de baisers qu'elle ne saurait lui donner. Le comte, après avoir célébré la finesse et la douceur d'une peau, la beauté d'une main, la fermeté d'un bras, la grâce de doigts qu'il ne reconnaît pas pour être ceux de sa femme, s'enchante qu'elle incarne tout le piquant qui manque à son existence blasée. Enfin, Figaro déclare sa flamme à une comtesse en laquelle il a démasqué Suzanne ; cette dernière l'ignore et joue, elle, pour le tester, le jeu de la séduction. Lorsque, par une pluie de soufflets, elle se venge de la plaisanterie de Figaro, c'est pour lui une preuve éclatante de son amour et il s'en réjouit. Suzanne n'en révèle pas moins le caractère troublant du badinage amoureux : « Bon fripon, vous n'en séduisiez pas moins la comtesse, avec un si trompeur babil que m'oubliant moi-même, en vérité, c'est pour elle que je cédais. » (p. 478)

STYLE ET ÉCRITURE

UNE COMPOSITION DYNAMIQUE

Le Mariage de Figaro se caractérise par une intrigue aux multiples rebondissements, mais resserrée, à l'image des pièces du théâtre classique. En effet, les péripéties s'y déroulent en une journée, comme le souligne son titre complet, *La Folle Journée ou le Mariage de Figaro*, et en un seul lieu, le château d'Aguas-Frescas, même si l'on change de décor à l'intérieur de cet espace. L'action, elle aussi, est une, centrée sur le mariage des deux serviteurs, sur les obstacles qui le menacent, représentés par le comte Almaviva, Marceline et, dans une moindre mesure, Antonio, et enfin, sur les moyens mis en œuvre par Figaro et Suzanne pour en triompher, avec l'aide de la comtesse. La progression de l'intrigue est rapide, comme le sont les mouvements des personnages, ce dont témoigne le nombre élevé des scènes (92). Le dialogue lui-même sert cette dynamique, évitant les tirades au profit de courtes répliques qui s'enchaînent avec vivacité.

Figaro, dès la scène I de l'acte I, annonce ce que sera la pièce, en dévoilant son projet : « Ah ! s'il y avait moyen d'attraper ce grand trompeur, de le faire donner dans un bon piège, et d'empocher son or ! » (p. 384) ; et, dès le début de l'acte II, il expose à la comtesse le stratagème qu'il a conçu pour y parvenir : « Je vous ai fait rendre à Bazile un billet inconnu, lequel avertit Monseigneur qu'un galant doit chercher à vous voir aujourd'hui pendant le bal » et « Je fais endosser un habit de Suzanne à quelqu'un : surpris par nous au rendez-vous, le comte pourra-t-il s'en dédire ? » (p. 404). Le comte, lui, trahit ses intentions à l'adresse de Suzanne par de brèves déclarations catégoriques ou en aparté. Ce sont les « Tu n'épouseras pas Figaro », à la scène IX de l'acte I (p. 396) ; « Elle la troublera, je t'en réponds », à la scène X de l'acte II, en parlant de Marceline et de sa capacité à venir perturber la « fête » du mariage (p. 400) ; « [...] il épousera la duègne [Marceline] », à la scène v acte III (p. 435) ; et « Elle est à moi », à la scène x de l'acte III (p. 437), parlant de Suzanne, à quoi Figaro répond d'un « Non, monsieur le Comte, vous ne l'aurez pas... vous ne l'aurez pas », dans son monologue de l'acte V (p. 469), tandis que la comtesse s'engage, dès la scène i de l'acte II, déclarant à Suzanne « Tu épouseras Figaro » (p. 402). Antithèses et parallélismes mettent en relief ces répliques qui se font écho tout au long de la pièce.

Au « j'avais assez fait pour l'espérer » de la première scène (p. 383), Figaro ajoute, à la scène III de l'acte V, « un grand seigneur passe à Séville ; il me reconnaît, je le marie ; et pour prix d'avoir eu par mes soins son épouse, il veut intercepter la mienne ! » (p. 471), rappelant ainsi, en quelques mots, au lecteur-spectateur l'intrigue du *Barbier de Séville* et traduisant son amertume devant l'ingratitude dont le comte paie sa loyauté à son égard.

Sont ainsi habilement résumés, en quelques phrases rapides et efficaces, les principales étapes de l'action, les états d'âme des personnages, ainsi que les tensions de la pièce. Les liens se tissent entre les scènes, comme entre les deux premières pièces de la trilogie, soulignant leur unité et leur cohérence, dans un mouvement dynamique que de nombreuses péripéties n'empêchent pas de tendre vers la résolution de l'intrigue.

L'ART DU PORTRAIT

Le ton est donné dès les premières répliques de la pièce où Figaro esquisse un charmant portrait de Suzanne : « Oh ! que ce joli bouquet virginal, élevé sur la tête d'une belle fille, est doux, le matin des noces, à l'œil amoureux d'un époux ! » (p. 382), les qualificatifs en disent long sur l'attrait qu'elle exerce sur lui. Elle y répond, un peu plus loin, croquant à son tour son Figaro : « De l'intrigue et de l'argent ; te voilà dans ta sphère. » (p. 384)

Dans la même scène, le comte est présenté par Suzanne à Figaro sous les traits d'un seigneur libertin, un Dom Juan : « [...] las de courtiser les beautés des environs, M. le comte Almaviva veut rentrer au château, mais non pas chez sa femme ; c'est sur la tienne, entends-tu, qu'il a jeté ses vues [...] » (p. 383). Elle gratifie également Bazile, le maître de musique, auquel elle reproche de trahir Figaro en servant les intérêts de leur maître, d'un portrait aux louanges ironiques qui résume tout le personnage : « [...] le loyal Bazile, honnête agent de ses plaisirs et mon noble maître à chanter [...] » (p. 383). Elle condense à l'intention du même Bazile, à la scène IX de l'acte I, les enjeux de la pièce, en définissant le comte par sa relation à Figaro : « [...] l'homme qui lui veut le plus de mal après vous [...] » (p. 394). Enfin, dans la scène VII de l'acte I, elle nous livre un portrait sévère de Chérubin, « [...] un petit mauvais sujet qui se donne les airs d'aimer Madame, et qui veut toujours m'embrasser par contrecoup » (p. 392), qu'elle ne peut s'empêcher de corriger, en présence de Bazile et du comte, pour l'adoucir en « [...] un malheureux enfant tombé dans la disgrâce de son maître », dans la scène IX (p. 395). Beaumarchais parvient ainsi à caractériser efficacement ses personnages, sans ralentir un dialogue qui se veut plein de vivacité.

Tout aussi habiles sont les autoportraits que Beaumarchais place dans la bouche de ses personnages. Dans la scène X de l'acte I, et alors que presque tous les personnages sont réunis, le comte donne de lui, dans son embarras face à la requête qui lui est adressée (celle de la cérémonie renouvelant son renoncement à user du droit du seigneur), l'image austère d'un homme qui se doit à sa position et aux obligations qui en découlent. Le ton est impersonnel, et c'est la troisième personne du singulier qu'il emploie pour parler de lui. Il oppose ce qu'il entend paraître, « un Espagnol », « un noble Castillan », à ce qu'il rejette, « un Vandale » (p. 397).

La comtesse, elle, au début de l'acte II, se confie à Suzanne en privé et révèle en quelques plaintes sa réalité d'épouse délaissée : « Ah ! je l'ai trop aimé ! je l'ai lassé de mes tendresses, et fatigué de mon amour [...] » (p. 402), un portrait lucide aux accents personnels, que le comte confirme dans la scène VII de l'acte V :

> « [...] Nos femmes croient tout accomplir en nous aimant : cela dit une fois, elles nous aiment, nous aiment ! (quand elles nous aiment), et sont si complaisantes et si constamment obligeantes, et toujours, et sans relâche, qu'on est tout surpris un beau soir de trouver la satiété où l'on recherchait le bonheur ! » (p. 475)

Figaro et Marceline, eux aussi, expriment en un autoportrait, rapide pour l'une, plus développé pour l'autre, l'essentiel de leur caractère comme de leur existence. Dans le monologue de l'acte V, Figaro met ainsi l'accent sur les difficultés de sa condition – qu'il résume en ces termes : « [...] perdu dans la foule obscure, il m'a fallu déployer plus de science et de calculs pour subsister seulement, qu'on n'en a mis depuis cent ans à gouverner toutes les Espagnes [...] » (p. 469) –, mais aussi sur son tempérament combatif, avant de poursuivre, retraçant les nombreuses péripéties de sa vie aventureuse en un récit où s'exprime toute sa verve, puis de conclure, dans son désarroi, « [...] j'ai tout vu, tout fait, tout usé [...] » (p. 471). Marceline, à la scène XVII de l'acte III, souligne l'injustice sociale qui fait d'elle une « infortunée », une « victime » :

> « [...] J'étais née, moi, pour être sage, et je la suis devenue sitôt qu'on m'a permis d'user de ma raison. Mais dans l'âge des illusions, de l'inex-périence et des besoins, où les séducteurs nous assiègent, pendant que la misère nous poignarde, que peut opposer une enfant à tant d'ennemis rassemblés ? » (p. 446)

Beaumarchais use donc de toutes les ressources du dialogue pour livrer de ses personnages des traits caractéristiques exprimés tantôt sur le registre comique, tantôt sur un registre plus pathétique. Au-delà de ce qu'ils nous livrent des personnages eux-mêmes, qu'ils soient objets ou auteurs des portraits, ils sont représentatifs de types humains qu'ils incarnent. Ils ont ainsi des résonances qui dépassent les limites de l'ancrage historique de la pièce.

UN COMIQUE MAÎTRISÉ

Le sujet choisi par Beaumarchais pour cette comédie aurait pu prêter à un comique trivial puisque, après tout, il y est essentiellement question d'un noble seigneur poursuivant de ses assiduités une jeune et jolie servante qui s'apprête à épouser l'élu de son cœur. Mais il n'en est rien : le ridicule de la situation du comte, que Beaumarchais ne se prive pas de mettre en relief, est mis en scène et en mots avec mesure et assez élégamment. C'est que Beaumarchais a pris le parti d'exploiter plutôt un comique de situation qu'un comique de mots ou de gestes. La victime en est principalement le comte Almaviva : il repose sur son statut de puissant, dupé par ceux-là mêmes sur qui il est supposé exercer son pouvoir, et ce, de connivence avec un public qui ne peut que se divertir.

C'est le cas dans la scène x de l'acte I, où Figaro, soutenu par la présence de presque tous les personnages de la pièce, vient demander au comte de renouveler son engagement à ne pas user du droit du seigneur. Figaro feint d'ignorer les intentions du comte à l'égard de Suzanne, et ce dernier se voit contraint d'accepter la requête que tous approuvent. C'est également le cas dans les deux scènes où Suzanne piège le comte, lui donnant le sentiment qu'elle est prête à se donner à lui, dans la scène ix de l'acte III, et lui remettant le billet qui fixe le rendez-vous conduisant au dénouement, dans la scène x de l'acte IV. Ici encore, la situation du comte, berné par la jolie servante sur une idée originale de Figaro mais reprise par la comtesse, prête à sourire pour un lecteur-spectateur qui, lui, n'ignore rien. Déjà, dans l'acte I, la scène du fauteuil, puis, à l'acte II, les scènes X à XIII où l'on voit le comte trépigner devant les appartements de sa femme et jouer le rôle peu original mais toujours cocasse du mari qui, se croyant trompé, soupçonne sa femme de cacher un amant derrière une porte, mettaient le personnage dans des situations ridicules et divertissantes. Enfin, c'est encore par sa situation de dupe que le comte suscite le rire dans les dernières scènes de la pièce, où tant de personnages sont témoins de sa confusion, lorsqu'il découvre s'être révélé à une fausse Suzanne, qui n'est autre que la comtesse.

Dans chacune de ces scènes, un comique subtil se dégage des dialogues, où l'ironie comme l'équivoque sont de mise, en un langage qui reste soutenu jusque dans les répliques des serviteurs. Ainsi, Figaro, à la scène X de l'acte I, lorsqu'il invite le comte à déposer sur la tête de Suzanne la toque virginale, symbole de sa pureté, en déplace-t-il quelque peu la symbolique, puisque la coiffe qu'il tend au comte devient le « symbole de la pureté [des] intentions [du comte] » (p. 397). Seul celui-ci n'est pas en mesure de percevoir l'ironie du propos. De même, dans la scène VIII de l'acte IV, la comtesse prononce à l'intention de son mari, qui s'étonne de l'exaltation causée à Chérubin par un baiser de la comtesse reçu sur le front alors qu'il était travesti en paysanne, une réplique riche d'équivoque : au naïf « Qu'a-t-il au front de si heureux ? » du comte, répond donc « Son... premier chapeau d'officier, sans doute ; aux enfants, tout sert de hochet » (p. 458) de la comtesse, qui, elle, a bien compris qu'il s'agit du baiser reçu et garde sans doute présent à l'esprit l'épisode du ruban volé.

Beaumarchais a recours également au comique de répétition, en multipliant les occasions de placer le comte dans cette position de dupe, mais également à travers le rôle de deux personnages, Chérubin et

Fanchette. Le premier surgit toujours là où il ne devrait pas être au moment où le comte arrive ; la seconde, toujours maladroite, révèle, en présence de tous, les privautés que le comte s'accorde avec elle et dévoile tout aussi ingénument à Figaro les agissements à l'égard de Suzanne que le comte préférerait garder secrets. La colère que provoque l'un, l'embarras que fait naître l'autre accentuent le ridicule du personnage du comte ainsi que ses difficultés à imposer son autorité.

Enfin, pour divertir son public, Beaumarchais utilise le procédé du théâtre dans le théâtre, de la comédie dans la comédie, faisant revêtir à ses personnages déguisements et rôles d'emprunt. Chérubin déguisé en jeune paysanne, la comtesse en Suzanne, Suzanne en la comtesse, Figaro et Suzanne improvisant une saynète à l'intention du comte dans le jardin, le soir du rendez-vous, sont autant d'occasions de multiplier les effets comiques et les dialogues à double sens.

LA RÉCEPTION DU
MARIAGE DE FIGARO

UNE PUBLICITÉ BIEN ORCHESTRÉE…

Beaumarchais raconte comment, sur l'invitation du prince de Conti (1717-1776), descendant des Bourbons, le pressant de donner une suite au *Barbier de Séville*, il se mit à l'écriture du *Mariage de Figaro* : « […] feu M. le prince de Conti, donc, me porta le défi public de mettre au théâtre ma préface du *Barbier*, plus gaie, disait-il, que la pièce […] » (*Le Mariage de Figaro*, « Préface », in *Œuvres*, p. 359). L'anecdote est révélatrice de l'intérêt bienveillant que de grands personnages de son temps ont porté à l'œuvre dramatique de Beaumarchais, ainsi que de son apparent détachement à l'égard d'une pièce, dans laquelle il a pourtant mis beaucoup de lui-même : « [P]ar respect, j'acceptai le défi. » (*ibid.*) Cette précision montre aussi son habileté à faire parler d'une œuvre avant même qu'elle n'existe.

La pièce écrite, Beaumarchais en assure des lectures qui entretiennent la curiosité, suscitent l'intérêt, mais aussi les polémiques. Elle fait ainsi grand bruit, parmi les habitués des salons, avant même d'avoir été jouée ou publiée. Le public devra d'ailleurs se montrer patient car, comme son auteur le souligne dans la préface de la première édition, « […] *La Folle Journée* resta cinq ans au portefeuille […] » (*ibid.*).

… QUI RENCONTRE DE SÉRIEUX OBSTACLES

Sur les critiques adressées au *Mariage de Figaro*, avant même sa représentation, Beaumarchais s'explique dans la « Préface », les résumant en ces termes : « Ainsi dans *Le Barbier de Séville*, je n'avais qu'ébranlé l'État ; dans ce nouvel essai, plus infâme et plus séditieux, je le renversais de fond en comble. » (*Le Mariage de Figaro*, « Préface », in *Œuvres*, p. 360). La pièce est pourtant, selon lui, tout à fait morale, puisqu'on y voit le coupable châtié. Difficile, cependant, pour ceux qui ne tiennent pas à voir ébranlé le pouvoir qu'ils incarnent, de la trouver inoffensive. Elle est donc interdite par Louis XVI, qui ne condamne toutefois pas la pièce sans s'en être fait donner lecture. Beaumarchais doit défendre sa comédie auprès du monarque pour obtenir que l'interdiction soit levée. Il a livré, pour sauver sa pièce de tous ces périls, « un combat » qui a duré quatre ans, affirme-t-il.

Une fois vaincues les hostilités suscitées, et la pièce jouée, son succès franchit rapidement les frontières, si bien que Mozart (1756-1791) décide d'en faire un opéra, *Les Noces de Figaro*, dont la première a lieu le 1er mai 1786, au Burgtheater de Vienne. Mais le livret, signé Da Ponte (1749-1838), se démarque nettement du texte de la pièce de Beaumarchais, sans doute jugé trop subversif : la place accordée au procès opposant Marceline et Figaro est réduite, et le monologue de Figaro a perdu sa force dénonciatrice, comme l'ensemble du dialogue où ne se font plus entendre les critiques qui émaillent *Le Mariage de Figaro*. Il est vrai que la pièce était interdite de représentation, à Vienne. L'opéra de Mozart est accueilli avec un vif enthousiasme qui en salue le brio.

PROLONGEMENTS

Aujourd'hui, s'il fallait ne retenir qu'une œuvre contemporaine pour prolonger le plaisir de la lecture du *Mariage de Figaro* et illustrer l'intérêt toujours vif que suscite Beaumarchais, ce serait sans nul doute le film réalisé par Édouard Molinaro (1928-2013) en 1996, *Beaumarchais, l'insolent*. Le scénario et les dialogues ont été écrits conjointement par Édouard Molinaro et par le dramaturge Jean-Claude Brisville (1922-2014), tandis que le rôle de Beaumarchais est interprété par Fabrice Lucchini (né en 1951), qui campe un personnage sans cesse en mouvement, que caractérisent un flegme et un aplomb qui ne vont jamais jusqu'à l'arrogance, mis en scène dans les moments essentiels d'une vie aux multiples facettes.

Votre avis nous intéresse !

*Laissez un commentaire sur le site de votre librairie en ligne
et partagez vos coups de cœur sur les réseaux sociaux !*

BIBLIOGRAPHIE

SOURCES BIBLIOGRAPHIQUES

- BEAUMARCHAIS (Pierre-Augustin Caron de), *Le Mariage de Figaro*, in *Œuvres*, Paris, Gallimard, 1988.
- BEAUMARCHAIS (Pierre-Augustin Caron de), *Correspondance*, Paris, Nizet, 1969-1972.
- BEAUMARCHAIS (Pierre-Augustin Caron de), *Lettres de Combat*, texte établi et commenté par Gunnar von Proschwitz, Paris, Éditions Michel de Maule, 2005.
- BEAUMARCHAIS (Pierre-Augustin Caron de), *Notes et réflexions*, Paris, Librairie Hachette, 1961.
- BEAUMARCHAIS (Jean-Pierre de), *Beaumarchais, le voltigeur des Lumières*, Paris, Gallimard, 1996.
- BOUSSEL (Patrice), *Le Parisien universel*, Paris, Berger-Levrault, 1983.
- LARTHOMAS (Pierre), *Beaumarchais, Parades*, Paris, CDU et SEDES, 1977.
- LEVER (Maurice), *Pierre-Augustin Caron de Beaumarchais. L'irrésistible ascension*, 1732-1774, Paris, Fayard, 1999.
- LEVER (Maurice), *Pierre-Augustin Caron de Beaumarchais. Le citoyen d'Amérique*, 1775-1784, Paris, Fayard, 2003.
- MOZART (Wolfgang Amadeus), *Les Noces de Figaro*, livret de Lorenzo Da Ponte, d'après *La Folle Journée ou le Mariage de Figaro de Beaumarchais*, Opéra de Marseille/Actes Sud, 2003.
- POMEAU (René), *Beaumarchais ou la bizarre destinée*, Paris, PUF, 1987.

SOURCES COMPLÉMENTAIRES

- *Beaumarchais, l'insolent*, film d'Édouard Molinaro, avec Fabrice Lucchini, France, 1996.
- BRISVILLE (Jean-Claude), *Beaumarchais, l'insolent*, Paris, Gallimard, 1996.
- CONESA (Gabriel), *La trilogie de Beaumarchais*, Paris, PUF, 1985.
- GŒTHE, *Clavigo*, in *Théâtre complet*, Paris, Gallimard, 1988.
- SCHÉRER (Jacques), *La dramaturgie de Beaumarchais*, Paris, Nizet, 1980.

SOURCES ICONOGRAPHIQUES

- Portrait de Beaumarchais. © Margaux Rafflin.
- La scène du fauteuil. © Margaux Rafflin.
- *Le Baiser à la dérobée*, tableau de Fragonard, 1788. La photo reproduite est réputée libre de droits.
- Le personnage de Figaro. © Margaux Rafflin.

Analyse d'œuvre
Si c'est
un homme
de Primo Levi
Profil
Littéraire

Profil
Littéraire

Éditeur responsable : Lemaitre Publishing
Avenue de la Couronne 382 | B-1050 Bruxelles
info@lemaitre-editions.com

ISBN ebook : 978-2-8062-7546-2
ISBN papier : 978-2-8062-7547-9
Dépôt légal : D/2016/12603/15
Couverture : © Lisiane Detaille.